Lili se trouve moche

Imprimé en CEE
ISBN : 2-88445-375-X

Ainsi va la vie

Lili se trouve moche

Dominique de Saint Mars

Serge Bloch

CALLIGRAM

CHRISTIAN GALLIMARD

DIMANCHE, TONTON JEANNOT ET TANTE SOPHIE SONT VENUS DÉJEUNER AVEC LÉA.
Au revoir, ma Lili...Tu as bien grandi mais toujours un peu maigrichonne !
Ça va être le portrait de son grand-père !

C'est fou ce que ta fille est devenue jolie !
Tiens-toi droite, Lili ! Tu as les épaules toutes rentrées !

Oui mais toi tu as la chance que ta fille ne soit pas trop coquette !

Lili ? Lili ?
Eh ben, ma Lili, qu'est-ce qui se passe ?
Bouh... !!!
Je le sais bien que tu n'es pas fière de moi... Je suis moche, moche, moche, c'est tout...

J'ai le nez pointu, les oreilles décollées, des petits yeux rapprochés, et je suis bien trop maigre.
ARRÊTE LILI ! Tu as un sourire, une expression, c'est ça la beauté !

N'est-ce pas, Max, que ta sœur est jolie ?
Euh... je ne sais pas. Euh... j'en connais des plus moches !
Tu vois !

Moi, aussi, ça m'arrive de me trouver moche... mais, pas aujourd'hui !
Moi, je t'aime comme tu es, ma puce !

Oui, mais pas moi !

SUR LE CHEMIN DE L'ÉCOLE...

'jour Lili !
'jour Hugo ! 'jour Clara !

Euh... réponds-moi franchement, Hugo... comment tu me trouves ?
Euh... sympa !
Mais sympa-belle ou sympa-moche ?
Euh...
Bon, j'ai compris : MOCHE !
Mais Lili ?

Mais Lili...
Non, laisse tomber, ça ne fait rien...

... et je suis trop moche pour le spectacle à la fête de l'école... débrouille-toi sans moi !

À LA GYMNASTIQUE...
Allez, Marlène, encore un petit effort !
Arrête, Marlène, tu vas casser la corde !
Regardez, la crevette qui veut soulever le cochon rose !

Arrêtez ! vous n'êtes que des nuls superficiels ... esclaves des apparences !
Mais j'ai l'habitude ! La bave du crapaud n'atteint pas la blanche colombe !
PLUS HAUT !
BRAVO !
ENCORE !

Tu sais, Lili, je t'ai trouvée super !
Comment ça ?
Tu as été sympa d'aider Marlène et de prendre sa défense.
C'est normal... et eux, ils sont tellement bêtes... enfin surtout certains !
Mais toi, justement, tu es spéciale. C'est pour ça que je voudrais te demander...

ÉCOLE
Mais je lui plais, on dirait !
Euh… si tu pouvais dire à Marlène que je la trouve… que je l'aime.
Excuse-moi. Ça t'ennuie sans doute ?
Non… pas du tout ! Ça va lui faire très plaisir…

Clara, tu te rends compte ! En plus, Marlène, elle a des amoureux...
C'est parce qu'elle est bien dans sa peau !

En tout cas, moi, le concours de sketches, c'est terminé ! Je ne veux pas être ridicule !
Tu ne vas pas me laisser tomber ?

Pour Simon,
je le savais...
Et tu t'en
fiches ?
Et un !

Oh, c'est pas mon type !
Et deux !

Ben dis donc, t'es difficile !
Oui, excuse-moi, Marlène, mais toi, tu n'es pas très...

Eh oui, toutes les deux, on ne peut pas trop compter sur notre physique !
... Et six !
...Ah, tu me trouves aussi...?

Mais toi, tu pourrais quand même t'habiller autrement ?
Comment veux-tu ? J'éclate dans tout !
Moi, je n'éclate dans rien. Je ne peux même pas trouver un pantalon moulant !

J'espère que vos sketches sont prêts pour demain.
Euh, maîtresse, Lili ne veut plus...
Mais pourquoi, Lili ?
Notre numéro est nul... je ne danse pas assez bien !
Peut-être qu'elle ne se trouve pas assez belle ?
Bon, ça suffit, Valentine ! Et toi, Lili, je suis sûre que ce sera très bien !

Et puis la vraie beauté, c'est autre chose : c'est à l'intérieur !
?!
?!

Évidemment, pour les top-models, c'est facile de se faire aimer !
Nous, on doit se donner plus de mal !

Allez, Lili, faut qu'on le fasse, le sketch !

Mais toi, Marlène, ça ne te fait rien qu'on se moque de toi ?

Si, ça rend triste !
Au début je pleurais...
... dès qu'on faisait
des messes basses,
je croyais qu'on parlait
de moi...

Et, chaque fois, ça me donnait encore plus envie de me consoler... avec des gâteaux, par exemple !
Mais on peut se consoler autrement, les amis c'est fait pour ça, non ?

Et tu crois que c'est aussi bon que les gâteaux ?

Toi, en tout cas, tu peux te changer si tu le décides ! Moi, avec mon nez...
J'ai décidé de manger moins de gâteaux, maintenant j'ai envie de me voir mince !

Mais je ne serai jamais un fil de fer ! J'aime trop les bonnes choses !
Remarque, moi aussi !

Toi, t'es géniale comme fille !

T'es d'accord pour le sketch...
Écoutez, j'ai une idée...

ET LE LENDEMAIN, LE SPECTACLE COMMENCE...
Il faut trouver le titre des sketches !
Ah oui, j'ai compris !

SKETCH NUMÉRO UN...
TIENS BON, je viens, je vole et te sauve !
BOUH SUPERMAN !
NUL !
AU VESTIAIRE !
REMBOURSEZ !

SKTETCH DEUX...
Ah, mon prince, je suis si heureuse...
Vite, il est minuit... attention à la citrouille...
Hou, hou ! Ce n'est pas Cendrillon !
Va te rhabiller ! Les nains... c'est dans Blanche-Neige !

ET ENFIN...
Nous sommes trois sœurs jumelles
Nées sous le signe du jambon.
Mi Fal Sol La, Mi Ré
Ré Mi Fa Sol Sol, Sol Ré Do !

À quoi bon être belles ?
Nous, c'est de rire que nous mourrons,
Le grand loup mangera celles
Qui ont un air trop bougon !

OUAIS !
OUAIS !
BRAVO !
C'EST LES TROIS
PETITS COCHONS !

LES-CO-CHONS, ONT-GA-GNÉ !
LES-CO-CHONS, ONT-GA-GNÉ !

Ah, papa, tu es là !
Tu m'as trouvée
comment ?
À CROQUER !
TOUTES LES TROIS !
Mais
surtout toi !

J'ai trouvé ça super, Blanche-Neige !
Tu parles, c'était Cendrillon ! Tu vois, c'était nul... Je ne sais pas comment vous faites !
On s'accepte comme on est ! Pas facile, mais plus drôle !

Vous avez été superdrôles, les plus drôles !
Et puis belles, surtout, les plus BELLES !

Moi aussi ?
Vous êtes toutes les trois des stars !

Faut pas exagérer ! Mais c'est vrai, moi, je me trouve moins moche... pas vous ?

Et toi...

T'es-tu déjà senti comme Lili ?

Y a-t-il des choses que tu n'aimes pas chez toi ? Crains-tu de te voir dans une glace, en photo ?

Te souviens-tu de petites phrases qui t'ont enlevé ta confiance en toi ? Dans ta famille ? À l'école ?

Te trouves-tu trop gros (se) ou trop maigre ? Te consoles-tu de tes soucis avec la nourriture ? As-tu vu un médecin ?

Se moque-t-on de toi ? Arrives-tu à répondre, as-tu envie de pleurer ou d'être violent ? As-tu honte d'en parler ?

Dans ta famille, trouves-tu qu'on n'est pas fier de toi ? Qu'il y a des plus beaux que toi ? Qu'on les aime plus ?

Essaies-tu de t'arranger, look ? coiffure ? Demandes-tu des conseils ? Ou es-tu découragé à l'avance ?

Est-ce que tu te trouvais moche avant...
mais maintenant ça va mieux ?

Est-ce qu'on t'a toujours encouragé dans ta famille
et montré qu'on était fier de toi ?

Trouves-tu que tu as certaines choses bien et d'autres moins bien mais que c'est pour tout le monde pareil...?

T'acceptes-tu comme tu es et développes-tu ton invention, ton intelligence, ton sens de l'humour et de l'amitié ?

Te trouves-tu beau ou belle ? Attends-tu que tout vienne à toi ? Ou cherches-tu à être aimé pour d'autres raisons ?

Penses-tu qu'on est toujours le moche d'un autre ? Qu'il y a toujours mieux ou moins bien ?

**Après avoir réfléchi
à ces questions
sur l'aspect physique,
tu peux en parler
avec tes parents ou tes amis.**